〔萬曆〕

顺天府志

卷之四　中

知縣

賀銀 洪武中任。

楊思恭 永樂中任。

楊濬 山西忻州人。舉人，正德五年任。

孫璵 萬全人。歲貢，正德八年任。

李莊 山西忻州人。舉人，正德十二年任。

島璞 山西陽曲人。舉人，正德十四年任。

周伊 山西陽曲人。官生，嘉靖七年任。

李元芳 陝西泰州人。舉人，嘉靖十年任。

翁汝爲 山西陽曲人。舉人，嘉靖十五年任。

楊松 陝西榆林籍，延安人。舉人，嘉靖十七年任。

喬遷 山西洪桐人。舉人，嘉靖十九年任，升户部陝西司主事。

薄世祐 山西定襄人。舉人，嘉靖二十四年任，升太僕寺寺丞。

符仕 河南寧陵人。舉人，嘉靖二十九年任，升工部都水司主事。

楊早 四川內江人。舉人，嘉靖三十年任，升太僕寺寺丞。

周孔徒 四川內江人。舉人，嘉靖三十六年任。

王纘宗 四川南充人。舉人，嘉靖四十年任，升户部江西司主事。

胡鳳來 直隸江都人。舉人，嘉靖四十三年任，升户部湖廣司主事。

馬攀龍 山東陽信人。舉人，隆慶元年任，升禮部精膳司主事。

朱桂芳 河南裕州人。舉人，隆慶四年任，萬曆二年升户部福建司主事。

李錦製　山西榆社人。舉人，萬曆二年任。

王　誥　江西清江人。舉人，萬曆三年任，升太僕寺寺丞。

李　蔭　河南內鄉人。舉人，萬曆三年任，萬曆八年升刑部廣東司主事。政先愛民，鎮静不淆，有古援琴而治之意。

朱　衮　江西德化人。舉人，萬曆九年任，十四年升南京刑部河南司主事。

孔祖堯　廣西臨桂人。舉人，萬曆十四年任。

徐啓東　浙江上虞人。舉人，萬曆十五年任，十八年升南京工部營膳司主事。

沈　榜　湖廣臨湘人。舉人，萬曆十八年任，升户部主事，有傳。

胡從賓　山東即墨人。由舉人，萬曆二十二年任。〔注一〕

尤際昌　直隸吴縣籍，無錫人。由舉人，萬曆二十五年任。

張　鵾　陝西涇陽人。由舉人，萬曆三十年任。

黄　茂　四川富順人。由舉人，萬曆三十四年任。

劉曰淑　江西南昌人。由舉人，萬曆三十七年任。

李嗣善　雲南太和人。由舉人，萬曆三十八年任。

杜冠時　陝西安化人。由選貢，萬曆四十年任，升應天府通判。

余士麒　四川内江人。由舉人，萬曆四十四年任。

解允淑　陝西韓城人。由舉人，萬曆四十七年任。

劉國英　四川閬中人。由舉人，天啓元年任。

何　意　四川宜賓人。由舉人，天啓三年任。

趙善鳴　江西盧陵人。由舉人，天啓四年任。

談國宦　河南河陰人。由舉人，天啓五年任。

〔注一〕自「胡從賓」以下諸官皆爲崇禎增刻本所增補。

張陽純 浙江永嘉人。由舉人，天啓七年任。

縣丞

曾敏學 湖廣臨武人。舉人，永樂十六年任，性慈政敏，甚得人心。

袁道 陝西耀州人。監生，正德十一年任，升河南懷慶府通判。

馬珍 陝西同州人。監生，正德年間任。

趙鑑 山東人。監生，升保定府通判。

蕭道 浙江山陰人。監生。

董堂 浙江秀水人。監生，嘉靖八年任。

江大經 直隸婺源人。監生，嘉靖九年任，升江西布政司理問。

賈冲 山西太原人。監生，嘉靖十五年任，升河南懷慶府通判。

靳智 直隸滑縣人。監生，嘉靖十五年任，升山東萊州府通判。

宋鐸 昌平州人。監生，嘉靖十八年任，升鞏昌府通判。

李梅 山東武定州人。監生，嘉靖十八年任，升中都留守司經歷。

雍通 山東安東衛人。監生，嘉靖十九年任，升湖廣竹山縣知縣。

吴習 浙江麗水人。監生，嘉靖二十年任，升湖廣通山縣知縣。

韓受爵 陝西乾州人。吏員，嘉靖二十一年任，升河南鄭州同知。

陳布 湖廣臨武人。監生，嘉靖二十一年任。

王仲玠 浙江寧海人。監生，嘉靖二十一年任。

李安國 直隸通州人。監生，嘉靖二十三年任，升順德府通判。

王輅 陝西涇陽人。監生，嘉靖二十四年任，升河南湯陰縣知縣。

黃子静　直隸歙縣人。監生，嘉靖二十五年任，升湖廣景陵縣知縣。

王松　直隸青縣人。監生，嘉靖二十八年任。

閔道生　直隸休寧人。監生，嘉靖二十九年任，升廣西永淳縣知縣。

姚階　江西峽江人。監生，嘉靖三十年任。

郭邦憲　山東人。嘉靖三十二年任。

李洋　山西冀城人。監生，嘉靖三十二年任。

李錦　浙江縉雲人，監生，嘉靖三十四年任，升湖廣沔陽州同知。

施炫　浙江縉雲人。監生，嘉靖三十六年任，升山西霍州同知。

言瓛　浙江山陰人。監生，嘉靖三十七年任。

吴正己　直隸歙縣人。監生，嘉靖二十八年任。

周徽　浙江永康人。監生，嘉靖三十八年任。

彭夢祥　山東費縣人。監生，嘉靖四十二年任。

高燦　本縣主簿升，嘉靖四十三年任。

茅煒　浙江餘姚人。由知印，嘉靖四十四年任。

吴譜　文本宜山人。歲貢，嘉靖四十五年任。

潘時鍵　浙江烏程人。監生，隆慶二年任。

董部　陝西隆德人。歲貢，隆慶三年任。

曹從質　直隸濬縣人。監生，隆慶三年任。

沈載庸　鳳陽府五河人。歲貢，隆慶五年任。

張思義　保定府容城人。監生，隆慶六年任。

陸　炫　直隸上海人。監生，隆慶六年任。

李　果　四川黔江人。歲貢，萬曆二年任。

盧可久　直隸井陘人。歲貢，萬曆八年任。

謝天眷　貴州前衛官籍。恩貢，萬曆八年任。

閻汝乾　山西朔州人。歲貢，萬曆十二年任。

程元化　直隸休寧人。儒士，萬曆十二年任。

張兆元　浙江烏程人。例貢，萬曆十四年任，升直隸河間府通判。

黃維中　直隸歙縣人。監生，萬曆十七年任。

劉鳳翔　陝西涇陽人。都吏，萬曆十七年任。

李文盛　福建尤溪人。由例貢監生，萬曆二十一年四月任。

主簿

南　釗　河南人。監生，任，升山東臨清州判官。

陳　瀛　浙江餘姚人。升江西知縣。

李　琇　山東東昌府人。監生，嘉靖五年任，升光禄寺署丞。

許東明　山東東昌府人。嘉靖十三年任，升順天府經歷。

辛存惠　陝西階州人。監生，嘉靖十八年任，升山西武鄉縣知縣。

錢　鯉　萬全籍。歲貢，嘉靖三十六年任。

王維問　直隸平山人。歲貢，嘉靖三十三年任，升河南涉縣知縣。

來端蒙　浙江蕭山人。監生，嘉靖三十七年任。

劉廷柱　直隸平山人。監生，嘉靖三十九年任。

高燦　直隸清苑人。監生，嘉靖四十一年任。

陳沛　廣東德慶州人。歲貢，嘉靖四十二年任。

周時謙　湖廣武岡州人。隆慶元年任，升四川茂州判官。

何天禄　浙江於潜人。吏員，隆慶五年任。

程溱　上林苑監籍。儒士，隆慶六年任，升綏德州判官。

石維端　福建福清人。吏員，萬曆元年任。

李崇廉　河南林縣人。監生，萬曆六年任，升江寧縣縣丞。

盧茂　直隸德州左衛人。例貢，萬曆十三年任，升大興縣縣丞。

張與齡　直隸太倉州人。知印，萬曆十六年任。

劉諧　浙江山陰縣人。吏員，萬曆二十年任。

典史

顏虎　陝西華州人。吏員，嘉靖十六年任。

宋寵　山東曹州人。吏員，嘉靖二十六年任，升直隸長洲縣主簿。

施文　直隸寧國府人。吏員，嘉靖三年任，升江西宜黄主簿。

沙潮　浙江錢塘人。吏員，嘉靖三十年任，升寶坻縣主簿。

鄭菔　福建莆田人。吏員，嘉靖三十八年任。

嚴邦顯　浙江餘姚人。吏員，嘉靖三十九年任。

劉應光　福建莆田人。吏員，嘉靖四十四年任。

翁世賢　直隸河州人。吏員，隆慶三年任。

何天禄　浙江於潜人。吏員，隆慶三年任，升本縣主簿。

畢大縉 直隸鳳陽人。吏員，隆慶五年任。
沙　相 浙江錢塘人。吏員，萬曆二年任。
季　寵 直隸長洲人，吏員，萬曆五年任。
孫士綱 山東青城人。吏員，萬曆八年任。
葛廷才 湖廣澧州籍。吏員，萬曆三年任。
翟可義 直隸丹徒人。吏員，萬曆十四年任，升南密縣主簿。
孟　桐 直隸臨淮人。吏員，萬曆十八年任，升欒城縣主簿。
方樂舜 直隸績溪人。吏員，萬曆十九年任。
徐應龍 □□□人。吏員，萬曆二十一年任。

所屬巡檢司四員：一盧溝橋，一王平口，一齊家莊，一石港口。各巡檢一員，廣源閘閘官一員。

本縣吏從驗封司撥外省兩考役滿者參充，共三十八名。盧溝等四司并廣源閘共吏五名。

良鄉縣

知縣一員，縣丞一員，主簿一員，典史一員，儒學教諭一員，訓導一員。

知縣

劉文輔　盛　恕
胡景讓 俱洪武年任。　王　弼 永樂年任。

賈褫景泰年任。　張佐
高迪　武志學俱成化年任。
車鼐　孟淳
于沂　趙憲
張完　申良
傅正　謝珊
馬山　王誼
王文秀　謝朝陽
辛汝弼　魏倫
吳世美　劉宗哲
雷世榮　毛孔剛
熊瑶　李承恩
劉服膺　杜廷瑄
鄭東　呂哲
樊巍　徐之蒙
習鸞　吳國賓
張崇謙　蔡應陽
朱環俱嘉靖年任。　安守魯
王偉　王鴻儒俱隆慶年任。
强齊　洪一謨

王訪　王道定
程僖　余鏜
强思（俱萬曆年任。）

縣丞

吴惟謙　馬驥（俱景泰年任。）
孫孜　潘重
喬木　李龍
怡文升　龔汝禄
宋繼元　楊景松
張時進　程輝

錢科（俱嘉靖年任。）　毛效廉
楊可材　蔚畏民
王金　張滚
黎敏　李璋（俱萬曆年任。）

主簿

鄭智（正德年任。）　蘇達
王九皋　張應奎
孟思齊　仝魯
董舉　李鴻洲
林大球　張大本（俱嘉靖年任。）

高宗仕　馮　懋俱隆慶年任。

桑紹勤　徐　紳

張國俊　李　旃俱萬曆年任。

典史

姚　虎　陳永通俱景泰年任。

薛文明　路　永

屈　諫　張紹忠

許時恩　文棟材

趙　勳　王公慶

仝　仁俱嘉靖年任。　吴　梗

吉　禎俱隆慶年任。　萬虞皋

王　弼　魏仁禮

陸　鉞　楊一貫

劉仕焕俱萬曆年任。

固安縣

知縣一員，主簿一員，典史一員，教諭一員，訓導一員，河寧巡檢司巡檢一員，陰陽、醫學、僧道會司。

知縣

李　資洪武年任。　劉　敬宣德年任。

李鐸　袁應絢（俱正統年任。）
李端　榮瓚
賈貴　朱善（俱成化年任。）
齊魯　稽清
王鳳　程霽
李豪　辛文淵
張鑑（俱弘治年任。）　劉湜
張衮　馬録
王宇　孫璁
王雄（俱正德年任。）　趙漢

李松　李玦
漆錦　馬馴
王黼　萬旬
翟澄　王民
蘇繼　王喬年
皇甫涣　崔宗堯
錢師周　祝爾耆
王樞　何永慶
李承式　胡價（俱嘉靖年任。）
劉泮　王育仁

馮子履　李宜春俱隆慶年任。
張夢蟾　王鑰
梅國禎　李日華
常道立俱萬曆年任。

縣丞

王瑛宣德年任。　高仲舉正統年任。
周同軌　王道
張範　康寧俱成化年任。
羅綺　趙海
趙鐸俱弘治年任。　張經
劉璿　段璽
湯瑜俱正德年任。　李選
朱文林　張綸
周鉞　彭鳶
閻以仁　陳誥
樊景明　徐固輿
路天衢　薛廷光
趙奭　白以道俱嘉靖年任。
郭朝元　章甫臣俱隆慶年任。
王盡道　王札

劉樞 孫朝臣
賈繼志 王好問
郝鐸

主簿

原勵正統年任。 樊璋
王鳳 李福
杜桂俱成化年任。 王聰
安泰 周相
王慶 莊釗俱正德年任。
張起鳳 彭芸
姜璣 尹榮
王廷彥 唐時清
陳節 施忠
張弘業俱嘉靖年任。

典史

黃玘 曹玘
甘潤 郭鶱俱成化年任。
任瑞 馮振俱弘治年任。
史賢 張綸
張唐 劉恩俱正德年任。

姜裕　孫弘
黃璲　朱珪
陳憲　趙大寶
李經　董柰
葛漢俱嘉靖年任。　胡道源
周光棟　蔣賢
張仲禮　孫維屏
芮學易　林一鳳
曾子翰　曹仲川俱萬曆年任。

永清縣

知縣一員，典史一員，教諭一員，訓導一員。

陰陽、醫學、僧道會司。

知縣

盛本初　劉子初
李昇俱洪武年任。　王振
王居敬俱永樂年任。　衛厚正統年任。
許健　王佐
趙志學　韓凱俱成化年任。
白思齊　李仁
黃質　張瓛

嚴睿　宋悅
陳大綱俱弘治年任。　何聰
郭名世俱正德年任。　李時用
張玫　張冕
李鷹　周鳳鳴
李世芳　張翰弼
王業　何宏
李循道　王鎮
馮鎰　葛舜臣俱嘉靖年任。
胡來縉　臧仲學俱隆慶年任。
李穩　劉希孔
張士奇　田實發
王衍義　徐學曾俱萬曆年任。

縣丞

司憲成化年任，已後裁革。

主簿

王騏永樂年任。　張祥
李鎬　邢英
謝能　柴沅
魏讓　史杲

丁知許　李翯

李應陽　李奠邦

賈世臣　席官

郜國俱嘉靖年任。〔注一〕

典史

陳信　仲恕

劉泰俱正德年任。　張海

劉廣勝　李廷良

李廷鋭　常朝憲

仲鏊　王鈇

張問政　劉收

宋雲龍俱嘉靖年任。　王逵

于進周　喻鯤俱隆慶年任。

李廷珍　朱愬

郭標　徐大有

文進德　殷學軻

陳鴻謨　曾尚貴俱萬曆年任。

香河縣

知縣一員，縣丞一員，典史一員，教諭一員，訓導一員，廩膳二十名，增廣二十名，附學無定數。縣司吏六名，典吏六名，學司吏一名。陰陽學訓術一員，醫學訓科一員，僧會司僧會一員。

知縣

韓琚 張文淵
張茂 周安
王璋 彭彰
甄仲釉 王緝
覃友輔 郭寶
趙儒 黃紋
董玉林 游新佑
楊孜 羅士賢
張楠 趙干之
徐松 楊萬祺
劉耀武 楊應角
范經 翁榮
萬通 傅朴俱嘉靖年任。
孫光祖 馮叔奇
王道廷 王訪俱隆慶年任。
遲聘 王廉
陳增美俱萬曆年任。

縣丞

郭忠　李杲

袁恂　張縉

饒顯　尚好仁

高瑶　閻席珍

余鵠　劉環

鄔謹　朱愷

茅煒（俱嘉靖年任。）　彭大慶

東帛　劉梯

常述　范汝廉

范希文（俱隆慶年任。）　熊誠

張汝諧　張三才（俱萬曆年任。）

主簿

馬驥（後裁革。）

典史

楊奈　彭黄

吴聰　白文

李僎　金庭楠

張萬　龔侃

王汜　胡中

高　建（俱嘉靖年任。）　于得時
龐　表　程　清
孫大化　宋廷佐
于承業（俱隆慶年任。）　吕　宦
楊文立　謝　烈（俱萬曆年任。）

涿州

知州一員，州同一員，州判一員，吏目一員，學正一員，訓導三員。

知州

程羽肅　馬　縉

朱　巽　黄　衡
何　轍　孫　沂
胡　禎　芮　彛
孔　淮　薛　穰
李　瑞　郭　堅
汪　清　張　咨
王　震　張　遜
王　政　何　政
郝　本　徐朝元
孫　學　李　瑋

劉瑄　劉坦
陳禄　劉佺
黄仁　張經綸
沈麒　駱鳳
郭孔完　范琪
陳邦治　閻在邦
秦僎　何鑌
賀榮　張九功
郭逵俱萬曆年任。

同知

張璣　張旻
高震　王濬
江華　邢繼先
蕭翬　徐珪俱嘉靖年任。
周璽　李倫俱隆慶年任。
宋輅　李惟中俱萬曆年任。

判官

杜璟　陳旭
王懋　仇本立
魏恕　陳敏

高安　武文中
張敬　賀忠
陳璽　劉瓘
寧浩　袁溥
鍾思誠　周豸
陳錦　劉淳
黃鑾　孫隆
孫鋭　馬璉
凌鶴　蒲韶俱嘉靖年任。
趙英　唐傑
李彪　衛相
李宷俱隆慶年任。陳時萬曆年任。

吏目

劉航　李瓊
王貫　張信
王禄　張繼周
范玘　程完
張盛　魏政俱嘉靖年任。
黃廷珪　張雄
吳樞俱萬曆年任。

房山縣

知縣一員，典史一員，儒學教諭一員，訓導一員，磁家務巡檢一員，陰陽、醫學、訓術一員，訓科一員。

知縣

凌雲 王安
吴紱 盛澈
郭岑 丘讓
王傑 韓倪
楊恭 王崇美
王敔 李垣
閻岱 張鎧
楊和 曹俊
程勉學 李仁
劉紀 李時叙
暢廷弼 术潔
高遷 李鳳崗
張汝能 高蘭
楊環 鄧宇
王寀 石嵐

李琮　董漢儒
李錦襄　陳廷訓
馬永亨　俞萬策俱萬曆年任。
縣丞
劉堨　靳宗
于亮　王鰲
陳禮　宋欽
張博古　李浩
劉邦輔　劉漢
張鏜　王希哲

王範　張守道
任璋　呂進德
蕭瑞
主簿
裁革已久。
典史
王旭　張温
辛彪　冬昊
薛宣　王相
曹鑑　李文正

李槃　陳浦
朱景鉉　李隆
劉實　李實
張天福　李逢陽
張德才　張守祖
盧仕　馬得仁
袁德修　王民重
王應朝　丁銓
郭汝孝　董鳳儀（俱萬曆年任。）

霸州

知州一員，同知一員，判官一員，吏目一員，學正一員，訓導一員，苑家口巡檢一員。

知州

馬從龍　梁伯常
張儒　靳善
郝敬　李廷訓
蔣愷　劉永寬
傅賢　徐以禎
毛實　劉珩
趙琮　錢鏞

郭坤　王汝翼
張禄　高鵬
戈泰　彭公溥
衛賢　閻棋
劉璋　高光烈
荆晟　徐用良
陳世輔　董緒
王詔　郭份
張嘉秀　耿朝用
趙應式　唐交

劉德芳　王麒
袁廷相　徐化
毛沂　范烈
田可徹　范啓光
郝如松　錢達道萬曆年任。

同知

湯鑑　林文迪
林治　郭檝
劉進　李遲
陳瓘　王迪

郁欽　陳紀
陳琮　陳孜
王璜　劉璋
高光烈　董緒
王詔　張嘉秀
唐交　劉德芳
王凝　李曰雍
吴希夷　吴舟
崔子鼐　蔣廉
仇勝　鞏晟
李棠　陳炯
楊文　鄧文茂
曾訓　姚熙
喬祺　黃鵬
丘繻　何鉦
王建　陰行仁
梅元豐　曹鉷
王寵俱萬曆年任。

判官

閻茂　竇芳

滿昌　朱錦
朱宗　侯方
茹勛　郁量
王宜用　相英
陸佐　韓雄
劉錫　蔣愷
王璞　李德
程夔　李顯宗
劉道　郭相
王學　韓天民

張文相　牛洪
吴珊　劉珊
陶譜　江鼎
黎雲　萬開禮
孫文中　王恒
瞿蘭　徐栢
來端言　張文舉
宋用　李性實
楊道生　劉榮
梁元翰　邵瑞辰

程思代　王建

吴尚義　黄守道

余顯思　周鎬俱萬曆年任。

吏目

林蕃　吴安

馮吉　王冕

李釗　張翀

王珣　杜澤

柴思賢　駱貴

侯澤　夏昂

董恩寵　王纓

羅文益　董效賢

孫沂嘉靖年任。　劉志臯

張弘業　張應軫俱隆慶年任。

魏潤　周鸞

劉孔憓　陶全

賈興俱萬曆年任。

大城縣

知縣一員，主簿一員，典史一員，教諭一員，訓導一員，廩膳、增廣俱二十名。

知縣

高進　陳必達俱洪武年任。

金鑄永樂年任。　崔鐸

沈鑑俱正統年任。　唐鏞

魏霖　狄宗文

閻茂俱成化年任。　張津

黄世忠　安佑

張皞俱弘治年任。

魯念　胡永芳

張汝舟　王朝

李雲　石恩

楊勳　高廷章俱正德年任。

楊福　俠勳

郭振　任大倫

朱文俊　鍾秀

蕭韶　鄧金

吴璞　王應文

史簡　昌元正

楊臬　余尚貢

王文政　張應武俱嘉靖年任。

胡子方　趙德光
忽　鳴俱隆慶年任。　趙汝思
李知春　狄同煃應天溧陽人。由舉人。
劉　衪　汪如川
徐東漸　何　偉俱萬曆年任。

縣丞

王　巒洪武年任。　呂　劍天順年任。
李　輒　吳　昂俱成化年任。
崔　海　王　純
張思睿俱弘治年任。　劉　信正統年任。

李　義　張　純俱成化年任。
裴　睿　趙　鼎俱弘治年任。
王　琛　崔天爵
焦　裕　苟　良
周　宗　薛　韶
王　瓚俱正德年任。　劉　思
張元吉　白　鎮
林　堂　旦　章
田　瓚　錢　玟
郭　寶　宋繩武

詹如金　蘇純
苗溱　趙克己
王用聘　于克肖
王桂　龍民芳俱嘉靖年任。

主簿

周自銘洪武年任。　陳安
蔡思齊俱成化年任。　喬謙弘治年任。
劉義　谷鰲
李銓　石彪俱正德年任。
曹欒　高琮
王文璿　宋樞
陳勑　王四隣
陳相　郅好學
張齊賢　劉鶴
張仁政　葉雲漢俱嘉靖年任。
黎伯如　劉璧
李如玉　郭憲甫俱隆慶年任。
潘簡　郭桓
董讓　郝芹
丁汝璟　趙宗禮

李克家俱萬曆年任。

典史

曹英成化年任。　接賢

宋德俱弘治年任。　張俊

余晏　劉玘

魏江俱正德年任。　張鋭

卓景隆　劉仲夕

葉翥　朱大任

李雷　華堂

張涇　阮英俱嘉靖年任。

張文蕙隆慶年任。　高峰

姚臻　舒篤恭

刁揚休　潘學顔俱萬曆年任。

保定縣

知縣一員，典史一員，教諭一員，訓導一員。

知縣

徐仲謙　王孟原

楊汝誠　王英

韓相　于皋

宋益　王璲

范九德　苗惠
彭鎬　鍾啓
吴政　王聰
周同軌　李瓛
王惠　姚讓
高愷　張泰
趙徵　王大輅
傅義　王佑
崔勝　毛麒
河濟　崔義

段良善　史周
李華　冉崇儒
王奉　汪本沂
胡允恭　鄭經正
吕焕　尹樂堯
田充國　王用
李顯陽　翟守謙
張世蓁　劉樞
趙友仁　張以重俱萬曆年任。

縣丞

李爾　姚娥
何志　績任
馬馴　宋本
劉誠　劉潤
卜廉　陳昭
張巖　楊麟
張學

主簿

何珪 成化十三年革。

典史

周本初　李茂清
劉旺　聶通
李潔　武賢
王珪　師銘
劉順　廖祥
高福　荆綸
牛埜　安憲
江珠　張莞
劉仲秀　夏九皋
侯永祚　梁尚賓

趙國盛　党世雄（俱隆慶年任。）
陳子器　陳繼參
萬建善（俱萬曆年任。）

通州（遼以前爲潞州。三河、武清、漷縣、寶坻四縣，皆管轄焉。）

知州一員，同知一員，判官三員，（署司馬一，管糧一，管柴，正德間革去管柴，今止二員。）吏目一員，司吏一十一名，典吏二十三名，學正一員，訓導三員，生員廩膳三十名、增廣三十名、附學無定數，司吏一名。潞河水馬驛驛丞一員，驛吏一名。和合驛驛丞一員，驛吏一名。遞運所大使一員，司吏一名。張家灣巡檢司巡檢一員，司吏一名。弘仁橋巡檢司巡檢一員，司吏一名。稅課局大使一員，攢典一名。通濟庫大使一員。（今廢。）陰陽學典術一員，醫學典科一員，僧正司僧正一員，道正司道正一員。

知州

韓約　方伯
王琬　王瑀
楊衡　李經
章瓚（俱正統年任。）　夏昂
丁選　胡應先

盧遂　何源俱景泰年任。
孫禮　傅皓
柳大林　智聰
邵賁　葛洪
郭淳　葉清俱成化年任。
嚴端　楊濬
劉澤　堅成
陳溥　王稷
劉繹俱正德年任。　張舜舉
許仁　曹俊
霍淮　吴瑩
張旄　高桂
麻强　韓瓚
蔡椿　汪有執
劉啤　詹贄
陳宗武　劉堤
明善　强自省
李藴　楊動之
韓寧　錢進學
劉耀武俱嘉靖年任。　張智望俱隆慶年任。

趙可化　張綸

邵寵　吴來庭（俱萬曆年任。）

同知

沈義　嚴端

董復勝　葛洪

招宗順　鄧仲仁

王學　丁谷陽

陳元謨　馬文翰

陳杲　趙誠

張仁　史臣

黄甲（俱嘉靖年任。）

判官

高興　方拱

盧大成　陳讓（俱成化年任。）

趙潤　石學

廖啓鉉　林渠

李端　盧林（俱正德年任。）

馬汝　陳世傑

樊世聰　匡振之

姚欽　趙儒

舒中蘊　阮珊
吴聰　張鏊
施天爵　吴仁
王仲禄　翟堅
胡志忠　楊以誠
汪希賢　金球
應鑌　耿介
梁紀　張時
侯來聘　井宏俱嘉靖年任。
路進忠　陸通
吉大用　查德俱隆慶年任。
葉德恭　李承寵
周治俱萬曆年任。

吏目

賈志成化年任。　梅瑄弘治年任。
梁忠　姬麒俱正德年任。
張欒　趙孟
汪相　王來問
惠心　喬應武俱嘉靖年任。
吴景行萬曆年任。

三河縣

知縣一員，縣丞一員，今裁去。主簿二員，一管馬，一管糧。典史一員，司吏十一名，典吏十八名。儒學教諭一員，訓導二員，生員廩膳、增廣俱二十名，附學無定數，司吏一名。三河驛驛丞一員，驛吏一名。遞運所大使一員，司吏一名。夏店巡檢司巡檢一員，司吏一名。陰陽學訓術一員，醫學訓科一員。僧會司僧會一員，道會司道會一員。

知縣

夏子韶永樂年任。　孫　理正統年任。
盧　毅景泰年任。　吴　賢
張鳴鳳　閻　山
楊　震弘治年任。　郭　寅
王　輗　陳臯謨
孫廷相正德年任。　蔡　烈
張守介　鮑　德
姚　欽　王　相
申　珙　王元德
張　仁　姚　相

曹科　葉桓

魏體　劉文彬

崔嶼俱嘉靖年任。　賽從儉

劉瓛　張綸嘉靖年任。

衛生　史學

賀逢吉　任甫

張鵬翔　王自謹

王加棟俱萬曆年任。

縣丞

楊輔天順年任。　劉潔弘治年任。

張望　白鑄正德年任。

閻誠　姚昂

何守烈　陳則仁

毛録　彭惟麟

王邦儒　陳言

張文　金聲

徐銘　張紹山俱嘉靖年任。

劉瑷隆慶元年任。　于士鯤

李鳳鳴　李時春萬曆年任。

主簿

董如愚洪武年任。　蘇世達永樂年任。
謝良景泰年任。　徐璉成化年任。
劉珣　劉恭弘治年任。
趙越正德年任。　徐宜
劉錡　盧文瀚
宋宗彝　李拱辰
張岳　高僉
楊景　王應箕
杭璋　劉錫
胡杰　郭九敘
趙梧　李俊
王世强　劉鑌俱嘉靖年任。
吕堯賓　王舜臣俱隆慶年任。
白九園　張鯉
翁益　鄧明易俱萬曆年任。

典史

張繼先　魏華
屈堂　魏輔
田琛　王來
李木　劉勳

劉　菜　　封　鏐嘉靖年任。

李　燧　　嚴子重隆慶年任。

馬尚遷　　雲　喜

周　燿　　許　堂俱萬曆年任。

武清縣

知縣一員，縣丞一員。河西務管河主簿一員，典史一員，司吏八名，典吏九名。儒學教諭一員，訓導一員，生員廩膳、增廣俱二十名，附學無定數，司吏一名。河西驛驛丞一員，驛吏一名。河西務巡檢司巡檢一員，司吏一名。河西稅課局大使一員，今裁革。攢典一名。楊村驛驛丞一員，驛吏一名。楊村遞運所大使一員，司吏一名。小直沽巡檢司巡檢一員，司吏一名。陰陽學訓術一員，醫學訓科一員。僧會司僧會一員，道會司道會一員。

知縣

謝　榮　　趙宗章俱洪武年任。

蔣　庸永樂年任。　　張　鑑成化年任。

韓　倫　　郭　良

翟　銘弘治年任。　　陳希文

時世隆　孫錫
劉郎　祁倫
徐來鳳　李廷鵬
曹錡正德年任。　郭玹
朱禄　王琳
孫隆　宋霓
趙公輔　王大章
黄世隆　沈文冕
郭津　李時用
梁相　雷鳴
羅康　李廷芳
張錦　黑文耀
雷世榮　趙本
劉朝舉　徐可觀
姜涌俱嘉靖年任。　衛陽和
段雲鴻　張鵬
龐賢　李貢俱隆慶年任。
范儒　宋蘭
陶允光　曹一鵠俱萬曆年任。

縣丞

程均張（洪武年任。）　陶銓（正統年任。）
游綬　蕭鳴（俱成化年任。）
吴鼎　張洪
周召　汪璋
談儒　喬琬（俱嘉靖年任。）
宋惟曜　白玉
王一麟　艾繇（俱隆慶年任。）
李培兆　俞養性
王世恩　董鳴鳳
楊世泰　李成名（俱萬曆年任。）

主簿

□冕　高深（俱成化年任。）
宋恩　秦鏜
齊華　齊邦用
王嘉賓　田鯤
周書（俱嘉靖年任。）　張問明
馬驥　安賓
黄綬　趙汝礪
張録　劉閾
李應亨　翟輔

典史

欒翔成化年任。　李宗祀

張鉞　冷文貴

于聰　張淳

彭時俱嘉靖年任。　曾述

戚維坦　周效堯

曾應陽　孫中孚

甘弘化　王宣

陳鴻　徐欽

范國禎　石文體俱萬曆年任。

寶坻縣

知縣一員，縣丞一員，主簿一員，典史一員，司吏八名，典吏十五名。儒學教諭一員，訓導二員，生員廩膳、增廣俱二十名，附學無定數，司吏一名。蘆臺巡檢司巡檢一員，司吏一名。陰陽學訓術一員，醫學訓科一員，僧會司僧會一員，道會司道會一員。

知縣

荆志　何文信

薛鵬飛俱洪武年任。　魏懋宣德年任。

孫源　趙其（俱正統年任。）

董倫　李寬（俱景泰年任。）

黄通　陳讓

葉琪　彭鎬

齊鳳　李政

齊鳳　丁志

楊霖　馬驥

袁昂　武尚信

莊襗　陳文滔

佟鉞（俱弘治年任。）　周程

王璲　周在

霍淮　楚書

單希性　張元相

武德智　柳鸞

蕭欒　孫宗器

李行間　趙師道

孫惟謙　都一陽

劉廓壽　盛時春

胡與之　劉以穩

王固平　楊時芳

唐鍊　潘民模
劉不息　王家相
張燭壽　張世則
丁應詔　詹仝覺
張兆元俱萬曆年任。

縣丞

程彥明洪武年任。　柳青
郭瑗宣德年任。　胡佐天順間任。
郭宜　歐文
李温　廖庸
舒堂　范智
董昂俱弘治年任。　張玄
吴鸞　陳嘉猷
解乾元　劉謝
吴達　李興
李素　王用賓
傅和　王鐸
郭文耀　袁寶
邊泰　石進
張正　曹璘

張真　尉德
莊釗　張轍
叚朝聘　朱遇覲
魏正　郭旻
丘鸞　劉叙
何汝霖　王之翰
李鳳鳴　王訓
抹彬　武健
沙相　趙大族
張維　李應陽
郭九齡　蔡玉
叚補衮　金榜
任薦俱萬曆年任。

主簿

陳愷宣德年任。　朱賢
高順　何良俱天順年任。
韓永定　吕同律俱萬曆年任。

典史

白福天順年任。　趙貴
劉慶　解阮俱成化年任。

賈鎚　蘇興
楊汝梅　馬廷輔
鄧有志　郭謙
孫正己　王珠
鄭文英　李士華
邵大忠　嚴密
宋治　王六符
陳拱　楊光祖
章奕　劉惟珍俱萬曆年任。

漷縣元州爲縣，洪武年改爲縣。

知縣一員，主簿一員，典史一員，司吏四名，典吏九名。儒學教諭一員，訓導二員，一裁革，生員廩膳、增廣俱二十名，附學無定數。楊村遞檢司巡檢一員。楊村遞運所大使一員，司吏一名，俱裁。陰陽學訓術一員，醫學訓科一員。僧會司僧會一員，道會司道會一員。

知縣

王文正統年任。　賈貞
高安　陰縉弘治年任。
傅傑　張翕

鄭仲真　岳秀

郭梅（俱正德年任。）　郝良

張雲漢　曾琰

楊濟　孟澤

饒公　馬新民

李時用　梁相

尚應時　吕哲

尉思　魏文瑞

陳言　劉朝舉

李成　王登（俱嘉靖年任。）

邵致誥　李子躍

宋祉　郭九疇

于濟　趙廷儼

王邦禮　魏之榦（俱萬曆年任。）

主簿

楊先（天順年任。）　張傑（成化年任。）

郝敬　劉釗（弘治年任。）

于漯　蔣克家

李公　劉觀

徐文敬　崔泗